Trop fort,
Victor !

Romans pour la jeunesse et pour les adultes, nouvelles, films pour la télévision et pour le cinéma, **Mikaël Ollivier** écrit des histoires depuis qu'il a compris qu'une seule vie ne lui suffirait pas.

Collection animée par Soazig Le Bail,
assistée de Charline Vanderpoorte.

© Éditions Thierry Magnier, 2015
ISBN 978-2-36474-702-9

Loi n° 49-956 du 16 juillet 1949
sur les publications destinées à la jeunesse

Couverture : Florie Briand
Intérieur : 2paulbar@free.fr

Mikaël Ollivier

Trop fort, Victor !

roman

1

Tout le monde ne parle plus que de ça.

Dans l'immeuble, dans la rue, chez les commerçants, dans les journaux que je vois en passant devant la maison de la presse…

À l'école, dans la cour, commenter l'événement a remplacé tous les jeux. Chaque élève y va de son pronostic. Chacun répète et amplifie ce qu'il a entendu

aux informations. Ils deviennent
tous des « spécialistes »,
même la maîtresse, qui tient
à y consacrer une heure de classe,
pour que nous puissions
« échanger », « exprimer nos peurs ».
Une sorte de « cellule
psychologique », comme à Orléans,
où vingt-deux élèves de l'école
Louis-Guilloux sont retenus
de force par six hommes
armés de kalachnikovs.

Dans ma classe,
quand la maîtresse demande
s'il y a des questions, tous
les doigts se lèvent, sauf le mien.

Tout le monde ne parle plus que de la prise d'otages. Sauf moi.

2

À la maison, on n'a pas la télé. Maman est contre.

Elle est également contre les OGM, alors on mange bio. Le jus de pomme aussi, il est bio, étant donné que maman est contre les sodas. Pareil pour le savon, et même le coton de mes tee-shirts. Bio. Le pain est sans gluten et le riz brun.

Maman a peur des ondes, et particulièrement du wi-fi.

Il n'y a qu'un ordinateur
à la maison, relié à la *Livebox*
par un câble ethernet.
Je n'ai pas le droit
de l'utiliser seul.

Dans le salon, il y a un téléphone
avec fil. Je ne comprends
même pas comment
les voix peuvent passer
par ce câble tout entortillé !

Le portable de maman
est toujours dans sa poche,
et elle ne l'utilise qu'avec
un kit main-libre. Bien sûr,
elle est contre pour les enfants.
J'en suis malade à l'idée

que l'année prochaine,
pour mon entrée au collège,
je vais être, à coup sûr, le seul
de la classe à ne pas en avoir.

Toujours le seul de la classe.
Celui qui ne connaît pas le nom
des héros des séries, des finalistes
de *The Voice*. Celui qui n'a pas vu
les images de la dernière
catastrophe naturelle, ou
qui ne sait pas imiter l'imitateur
du président de la République.

Celui qui n'a pas le droit
de suivre le déroulement
de la prise d'otages dont
tout le monde parle.

Maman estime qu'il faut protéger les enfants de la folie du monde.

Elle a toujours été comme ça, mais c'est pire depuis qu'elle est enceinte de ma petite sœur, qui doit naître dans deux mois.

Aujourd'hui, elle a mauvaise mine. Toute pâle, avec des cernes sous les yeux, les ongles rongés, les cheveux secs et des petites plaques rouges sur le haut du front, un truc qui s'appelle du psoriasis, qui apparaît quand elle est nerveuse.

À sa place, j'arrêterais le bio !

3

Alors je me débrouille
comme je peux.

Déjà, je regarde sur une carte
dans le dictionnaire (ma mère
n'a rien contre les dictionnaires)
où se situe Orléans.
À 135 kilomètres au sud-ouest
de Paris, soit 112 de chez nous.

Ensuite je colle l'oreille
au radiateur en fonte
de ma chambre, et il ne manque
plus que l'image : Mme Arnault,

la voisine du dessous, est sourde
comme un pot, et le son
de sa télé, conduit par les tuyaux,
m'arrive clair et net.

C'est comme ça que j'apprends
que les ravisseurs ont accepté
de libérer cinq enfants
dans l'école d'Orléans.

À tous les coups,
c'est le négociateur qui a obtenu
ces libérations. Comme
dans ce film américain
que m'a montré mon père.

Le négociateur, c'est un policier
ou un gendarme dont le travail
est d'établir un contact

avec les preneurs d'otages,
de leur parler pour apprendre
qui ils sont et ce qu'ils veulent,
pour essayer de les raisonner,
de passer un accord avec eux
ou simplement de gagner
du temps pendant
que le groupe d'assaut
ou les tireurs d'élite
se mettent en place.

Je calcule dans ma tête
qu'à Orléans, il reste
vingt otages : dix-sept élèves,
plus un maître, la directrice
et un homme de ménage.

J'entends par le radiateur
que tout le monde est regroupé
dans la cantine, et que
les services de police prennent
très au sérieux les menaces
des kidnappeurs. Ils ont donné
quarante-huit heures
au gouvernement pour libérer
trois de leurs copains
qui sont en prison. Sans quoi
ils tueront un élève
de l'école Guilloux par heure.
En plus, ils auraient
assez d'explosifs
pour faire sauter
tout le quartier de l'école.

En bas, la mère Arnault
change brusquement de chaîne :
c'est l'heure de son feuilleton.
Hier, John a dit à Pamela
qu'il la quittait,
sauf qu'elle lui a révélé
qu'elle était enceinte de triplés,
ce qui est un miracle
étant donné que
tous les médecins lui ont assuré
qu'elle ne pourrait
jamais avoir d'enfant.
Elle était folle de joie.
Pas John.

4

Je dors mal, en me réveillant
plein de fois, toujours déçu
que ce soit encore la nuit.

Je rêve de la prise d'otages,
par petits bouts. Parfois
je suis un otage, plus tard
le négociateur ou encore
un tireur d'élite couché
sur le toit d'un immeuble voisin,
l'œil dans la lunette de visée
de son fusil.

Quand je me réveille
pour de bon, plus fatigué
qu'en me couchant, il n'est
que quatre heures dix du matin.

J'ai beau coller mon oreille
au radiateur : rien. La mère Arnault
dort encore. Je me demande
si John va quitter sa femme
pour épouser Pamela. Et surtout
si, à Orléans, le négociateur
a réussi à obtenir la libération
de nouveaux otages.

J'essaierais bien de me connecter
à Internet pour en savoir plus, mais
le mot de passe de l'ordinateur
change tout le temps.

Je me lève pour aller boire
un verre d'eau. Le carrelage
du couloir est froid sous
mes pieds nus. Il y a de la lumière
sous la porte du fond :
maman ne dort pas non plus.

Dans la cuisine, je bois
en regardant l'immeuble
d'en face par la fenêtre.
Tous les appartements
sont dans le noir, sauf deux.
Je vois la lumière bleue
d'une télé allumée. Je suis sûr
que c'est une chaîne d'information
continue. Si seulement j'avais
des jumelles !

5

Enfin il fait jour.

En prenant mon petit déjeuner, je calcule qu'il reste vingt-quatre heures, soit un jour et une nuit, avant que les ravisseurs mettent leur menace à exécution.

J'entends un *bip*. Maman entre dans la cuisine, son téléphone portable à la main : elle a reçu un SMS pour moi.

Je le lis : *Joyeux anniversaire, Victor. Je pense fort à toi,*

même si je ne suis pas là.
Papa qui t'aime.

    Ça me fait plaisir qu'il ait
quand même pensé à moi,
et je le dis à maman.
Elle a un petit sourire,
mais vraiment petit alors,
et sans les yeux.
Ses plaques rouges sur le front
au bord des cheveux
ont encore grandi.

6

En classe, j'ai du mal
à suivre la leçon.

Dans la cours et à la cantine,
j'écoute ce que racontent
les copains. Mais je me méfie :
ils n'y connaissent rien
en prise d'otages, et ils déforment
ce qu'ils ont entendu à la télé.

Louis pense que le commissaire
va donner l'assaut. N'importe quoi !
C'est pas le « commissaire »
qui donne l'assaut, c'est le R.A.I.D,

le groupe Recherche Assistance
Intervention Dissuasion
de la Police nationale,
des hommes entraînés
spécialement pour la lutte
contre le terrorisme
et les prises d'otages.

Kim dit avoir entendu
que le président de la République
(dont il imite l'imitateur
au passage) va faire sortir
les complices des preneurs d'otages
de prison. N'importe quoi encore :
l'État a pour principe
de ne jamais céder au chantage
des terroristes.

En sortant de l'école, je tente
ma chance. J'appelle maman
avec le portable de Mehdi,
un smartphone avec écran tactile
qui me fait baver d'envie.
Je prends la voix
que je réserve aux
jours exceptionnels,
genre veille des vacances,
fêtes ou Noël : suppliante
mais pas trop,
et juste assez boudeuse
pour laisser entendre
que je risque de faire la tête
si on me dit non.
— Maman, c'est moi !

On un travail à faire ensemble,
avec Mehdi, j'peux passer chez lui
s'te plaît ?

Maman a horreur quand
je l'appelle au travail pour la mettre
« devant le fait accompli »,
comme elle dit. C'est comme
le président de la République
avec les terroristes : par principe,
elle refuse et ne négocie pas.

Mais aujourd'hui,
c'est mon anniversaire,
le top niveau des jours
pas comme les autres, et je suis sûr
que, comme moi, elle pense
au SMS de mon père ce matin.

Elle accepte, à condition que je ne rentre pas après dix-huit heures.

Gagné! Trop fort, Victor!

7

Mehdi veut jouer à *Mario Kart*
sur sa Wii mais je parviens
à le convaincre de regarder
d'abord une chaîne d'infos.

Je découvre l'école Louis-Guilloux.
Des curieux dans la rue,
massés derrière des barrières.
Les journalistes. Les cars blindés
de la police… Puis enfin
les hommes du R.A.I.D.
dont on ne voit jamais les visages
car ils portent des cagoules

ou des casques, habillés en noir
de la tête aux pieds, impressionnants
avec leurs gros gilets pare-balles.

Je me rapproche de l'écran pour
les regarder, yeux grands ouverts.

Le journaliste dit que cinq
élèves de plus ont été libérés.

Trop fort, le négociateur !

Mais Mehdi en a marre,
et je n'ai pas d'autre choix
que de me prendre une raclée
à *Mario Kart*. Normal,
vu que je ne peux pas
m'entraîner à la maison ;
maman est contre les jeux vidéo.

8

Je rentre à dix-huit heures,
comme promis. Maman arrive
à dix-huit heures trente.
Elle a pris un train plus tôt.
Je sais bien pourquoi,
même si on agit tous les deux
comme si c'était un soir normal.

Quand elle crie « À table ! »,
je fais celui qui n'est pas pressé.

Elle a mis une nappe,
des verres à pieds, des bougies.
Elle me dit : « Joyeux anniversaire,

mon chéri ! » Elle me serre
dans ses bras, un peu trop fort,
un peu trop longtemps.
Je sais qu'elle pense à mon père,
et moi aussi. J'aurais voulu
qu'il soit là, et elle aussi.

Le repas est super, ramené
du traiteur chinois. Le gâteau
est au chocolat.

Enfin, maman me donne
mes cadeaux. Il y a deux paquets.
Je commence par le gros
tout mou parce que je préfère
garder le meilleur pour la fin,
comme dans mon assiette
quand je mange.

Gagné : un pyjama, orange,
en coton brossé issu
du commerce équitable
(je repère tout de suite
le petit logo sur l'étiquette).
J'arrache le papier du petit paquet :
le dernier film de Miyazaki,
celui qui manquait à ma collection.

J'embrasse maman, et je vais
enfiler le nouveau pyjama pour
lui faire plaisir. Je dois bien avouer
qu'il est super doux.

Maman, j'en suis sûr,
se prépare déjà à dire « Non,
pas le DVD ce soir ! », « Je sais
que c'est ton anniversaire,

mais il y a école demain. »,
« J'ai dit non, Victor ! »,
« Alors seulement le début… ».

Elle est surprise de m'entendre
dire que je suis fatigué,
et que je vais me coucher tôt.

En fait, je suis pressé d'écouter
les dernières informations
au radiateur.

Il y est question d'« ultimatum
qui arrive à expiration ».
Je finis par comprendre ce que
ça veut dire : si, à l'aube,
leurs complices sont toujours
en prison, les preneurs d'otages
commenceront à tuer les élèves.

Le « spécialiste » interviewé affirme que l'assaut sera donné cette nuit par les forces de l'ordre.

9

Allongé sur le dos, yeux ouverts
dans le noir, je sens mon cœur
qui cogne dans ma poitrine.
J'imagine la nuit qui pèse
sur la ville et la campagne,
entre chez nous et Orléans.
112 kilomètres : des milliers
de maisons, d'appartements,
de gens qui regardent la télé,
dînent, discutent, dorment…
Des enfants, des adultes,
des vieux, des nouveau-nés…

J'imagine l'école Louis-Guilloux.
Les élèves allongés par terre
dans la cantine.
Ceux qui parviennent à dormir,
ceux qui n'y arrivent pas
tant ils ont peur, comme moi.
Les ravisseurs qui se relaient
pour monter la garde,
kalachnikov aux bras.
Les tireurs d'élite en position
sur les toits. Les troupes d'assaut
qui attendent l'ordre d'attaquer.
Le négociateur, dans le poste
de commandement,
qui fait une dernière tentative
pour éviter l'attaque…

En fait, j'avais dû quand même
m'endormir vu que je viens
de me réveiller en sursaut.
Dans mon rêve, je donnais l'assaut
sur l'école avec les troupes
du R.A.I.D. Je courais,
arme au poing, jusqu'à ce que
je découvre, en plein milieu
de la cour, que je portais
mon pyjama orange tout neuf.

J'ouvre les yeux. Le jour
est en train de se lever.
Je repousse la couette,
je saute du lit.

Je marche dans le couloir
et m'arrête devant la porte
du fond. Je tremble un peu.
Pourtant, je n'ai pas froid.

J'ouvre, doucement.
J'entre sans faire de bruit.

Mon père est là.
Il dort sur le dos.
Je me demande à quelle heure
de la nuit il est rentré.
Je le regarde longuement,
et c'est comme un nœud
qui se défait dans mon ventre.
Je me sens soudain plus léger
que depuis quarante-huit heures.

Ça me donne envie de pleurer
tellement c'est bon.

Maman dort profondément
contre lui. On dirait
qu'elle a rajeuni : son visage
est reposé, les plaques rouges
ont déjà presque disparu
sur le haut de son front.

En ressortant de la chambre,
je regarde les vêtements
de mon père sur le fauteuil,
dans un coin de la chambre :
sa tenue noire, son gilet
pare-balles.

Au radiateur, j'entends
que l'assaut a été donné
à trois heures dix du matin.
Aucun blessé chez les otages.
Un mort et deux blessés
chez les ravisseurs. Un blessé
par balle chez les hommes
du R.A.I.D.

J'en reste le souffle coupé.
Mon cœur cogne si fort
et si vite qu'il me fait mal,
puis un long frisson glacé
me fait trembler. Je file
me glisser sous la couette
pour attendre.

10

Mon père arrive dix minutes
plus tard. Il a dû m'entendre
marcher dans son sommeil.
Je fais celui qui dort alors
que j'ai une folle envie
de lui sauter au cou.

   Il s'assied sur le bord du lit.
C'est dur, mais je sais que
je n'aurai pas de seconde chance.
Et puis je lui en veux
quand même de n'avoir pas
été là pour mon anniversaire.

C'est bête, mais c'est plus fort
que moi.

Je remue sans ouvrir les yeux.

– Victor, tu dors ?

Je gémis un peu,
je me tourne vers lui,
les yeux toujours fermés.

Il se penche, passe un bras
dans mon dos. Un frisson,
chaud cette fois, traverse
tout mon corps.

– Je suis rentré tard,
il me dit. J'aurais voulu être là
hier soir, pour te voir souffler
les bougies, mais ça n'a pas été
possible…

C'est maintenant ou jamais !
Je me retourne d'un coup
pour lui tourner le dos.

Je l'entends qui soupire
doucement. Puis il me caresse
les cheveux.

– Je me rattraperai
pour ta fête ! il me dit.

Cette fois, je me lance.
Je prends ma petite
voix boudeuse, celle pour laquelle
il faut faire la moue,
lèvres en avant :

– Même pas vrai !
À tous les coups, tu la rateras
aussi, ma fête !

– Mais non. Même que
je te ferai un beau cadeau.

Yes! Je n'ai plus qu'à porter
le coup final.

– Un portable ? je demande
en tournant mon visage
vers le sien.

J'ouvre les yeux. J'ai même
réussi à avoir des larmes !

Mon père hésite. Ça doit être
la bagarre dans sa tête,
entre son envie de me faire plaisir,
de se « rattraper », et ses principes,
ou plutôt ceux de maman.
Il finit par craquer.

– Oui, un portable.

Mon entrée en 6ᵉ est sauvée !
Cette fois, je le regarde
bien en face, avec de grands yeux
mode manga.

– Avec écran tactile ?

Papa sourit, l'air de dire que
quand même, j'exagère un peu.
N'empêche qu'il répond :

– Oui, avec écran tactile.

Trop fort, Victor ! Qu'est-ce
qu'il croyait, mon père,
qu'il est le seul bon négociateur
de la famille ?

Enfin, je peux me jeter
dans ses bras.

Découvrez

PETITE POCHE.FR

**le nouvel outil pour se repérer
dans la collection Petite Poche !**

Ce site internet permet une recherche au sein
de la collection par :

- **auteur**
- **titre**
- **thématique**
- **niveau de lecture**

Retrouvez toutes les informations incontour-
nables sur la collection : des résumés, des extraits,
des vidéos, les prix littéraires, les actualités et
déplacements des auteurs...

Des fiches pédagogiques
à votre disposition

À télécharger gratuitement, ces outils donneront aux professionnels des pistes pour travailler différents titres de la collection, en primaire comme au collège.

PETITEPOCHE.FR
un site internet participatif

Chacun est invité à partager son expérience professionnelle en nous faisant parvenir des documents qui seront accessibles en ligne.

À très bientôt
sur le site **PETITEPOCHE.FR** !

CET OUVRAGE A ÉTÉ ACHEVÉ D'IMPRIMER
SANS DISCUSSION POUR LE COMPTE
DES ÉDITIONS THIERRY MAGNIER
PAR PBTISK (RÉPUBLIQUE TCHÈQUE)
EN MARS 2015
DÉPÔT LÉGAL : MAI 2015